AF381347

Analyse de l'œuvre
Par Natalia Torres Behar

La Conjuration des imbéciles

de John Kennedy Toole

Rendez-vous sur lepetitlitteraire.fr et découvrez :

Plus de 1200 analyses
Claires et synthétiques
Téléchargeables en 30 secondes
À imprimer chez soi

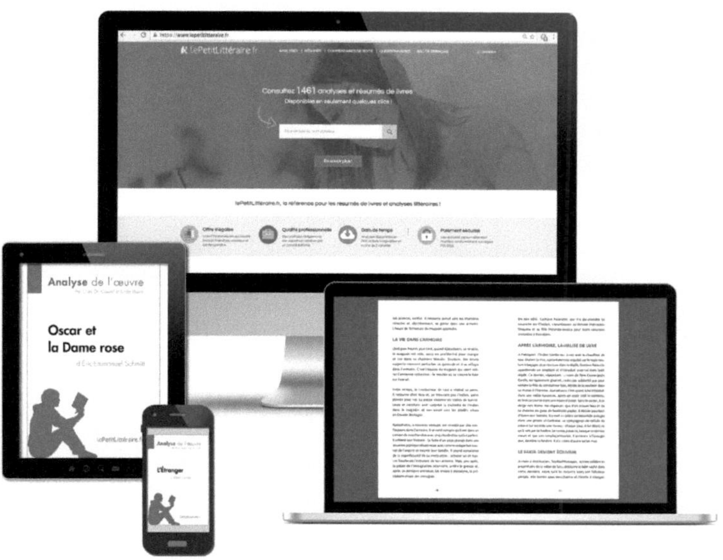

JOHN KENNEDY TOOLE

QU'Y A-T-IL APRÈS LA MORT ?

- **Né en 1937 à La Nouvelle-Orléans (États-Unis)**
- **Décédé en 1969 à Biloxi (Mississippi, États-Unis)**
- **Prix littéraires :**
  - Lauréat du Prix Pulitzer de la Fiction à titre posthume en 1981.
- **Quelques-unes de ses œuvres :**
  - *La Bible de néon* (2002), roman

John Kennedy Toole est un écrivain de la classe moyenne issu d'un environnement peu propice aux créations artistiques. Sa mère ne lui est pas d'une grande aide et leur relation est assez contradictoire ; entre intimité, conflit et rejet. C'est pourtant elle qui lui fait découvrir le monde de la littérature et des arts en l'inscrivant à des cours de théâtre humoristique.

Kennedy Toole fait ses études à l'université Tulane puis à Columbia où il étudie l'anglais. Il donne ensuite quelques cours et est relativement respecté en tant que professeur. Sa carrière académique s'arrête pourtant lorsqu'il doit partir faire son service militaire à Porto Rico, bien qu'il continue à y donner des cours de littérature.

Kennedy Toole envoie le manuscrit de *La Conjuration des imbéciles* à plusieurs maisons d'édition mais n'obtient aucune réponse positive ; un rejet qui l'isole du monde littéraire. Dépressif et paranoïaque, il décide de quitter le pays. Il se donne finalement la mort en reliant l'habitacle au pot d'échappement de sa voiture lors d'une halte à Biloxi, Mississippi.

10 ans plus tard, la mère de Kennedy Toole apporte le manuscrit de *La Conjuration des imbéciles* à l'écrivain Walker Percy.

« La dame était très insistante, et d'une manière quelconque, elle arriva un jour dans mon bureau en me tendant le gros manuscrit. Je ne pouvais pas y échapper ; il n'y avait plus qu'un espoir, c'est que je pourrais lire quelques pages et les trouver suffisamment mauvaises pour arrêter, en toute conscience. En général, je fais ça. Le premier paragraphe suffit souvent. Ma hantise était que ce premier paragraphe ne soit pas

suffisamment mauvais, ou soit même assez bon
pour que je sois obligé de continuer à lire.
[...]
En l'occurrence, j'ai continué à lire. D'abord
avec le désagréable sentiment que ce n'était
pas assez mauvais pour arrêter, ensuite avec
une pointe d'intérêt, puis avec un enthousiasme
grandissant, et finalement, de l'incrédulité. Je ne
pouvais pas concevoir que ce soit si bon. » (Percy
11-9, 2015).

C'est ainsi que la mère de Kennedy Toole lui
apporte une renommée internationale.

AUTRE ROMAN

John Kennedy Toole n'écrit qu'un seul autre
roman appelé *La Bible de néon*. Le roman est
centré sur un village typique des États-Unis
au cours de la Seconde Guerre mondiale où
vivent un adolescent, sa mère et sa tante.
Les hommes sont à la guerre et les femmes,
à l'usine. Ceux qui reviennent du front ont
sombré dans le fanatisme religieux ou l'al-
coolisme et le personnage principal tente
de s'échapper.

Kennedy Toole déteste ce roman qu'il juge

trop immature et déploie peu d'efforts pour le faire publier. Cependant et malgré le chef d'œuvre qu'est *La Conjuration des imbéciles*, *La Bible de néon* mérite une reconnaissance.

LA CONJURATION DES IMBÉCILES

LA LITTÉRATURE DES BAS-FONDS

- **Genre** : roman picaresque
- **Édition de référence** : *La Conjuration des imbéciles*, Paris, Editions 10/18, 478 p.
- **Première édition** : 1980
- **Thématiques** : alinéation, pauvreté, travail, politique

La Conjuration des imbéciles est un roman étrange et fascinant. Il est si inhabituel pour son époque que l'écrivain Walker Percy note que le roman aborde les thèmes des problèmes raciaux avec responsabilité, sans tomber dans les stéréotypes dans un contexte politique totalement contradictoire.

Ignatius J. Reilly est un personnage extravagant vivant à la Nouvelle-Orléans. Passionné par la littérature médiévale, il a une confiance aveugle en la monarchie et se considère comme l'avocat de la morale. Il est en confrontation constante avec sa mère, qui l'oblige à chercher un emploi modeste où sa morale implacable s'appliquera à influencer, importuner et dénigrer ses collègues et ses patrons.

Toutes ces confrontations rendent la vie impossible à Ignatius et finissent par transformer son corps et son esprit.

RÉSUMÉ

FÊTE DÉCADENTE À LA NOUVELLE-ORLÉANS

Ignatius J. Reilly attend patiemment sa mère devant un magasin. Il voit cependant sa tranquillité voler en éclats lorsqu'Angelo Mancuso, un officier de police, ayant remarqué la casquette de chasse d'Ignatius, son obésité extrême et sa moustache ridicule, l'interroge car il le trouve suspect. Claude Robichaux, un vieillard obsédé par le communisme, le sauve en attaquant l'officier de police, considérant que celui-ci maltraite le jeune Ignatius. Irene, la mère de ce dernier, sort à ce moment-là du magasin et mère et fils s'en vont, laissant Mancuso emmener Robichaux au commissariat.

Les Reilly s'arrêtent dans un bar miteux appelé les « Folles Nuits » où ils rencontrent une serveuse, Darlene et sa patronne tyrannique, Lana Lee, avec qui ils discutent. Les autres clients sont dérangés par la présence d'Ignatius qui n'a de cesse d'éructer et sent extrêmement mauvais.

En sortant du bar, Ignatius et Irene se lancent à la recherche de leur voiture et se mêlent au brouhaha de la Nouvelle-Orléans : déguisements, chaleur et ébriété donnent le ton. Mère et fils trouvent le véhicule mais Irene, qui conduit, a trop bu et finit par encastrer la voiture dans le mur d'un immeuble. Le propriétaire sort, furieux, et s'insurge contre les Reilly. Avant que la situation ne dégénère, Angelo Mancuso entre en scène et aide Irene à se sortir de ce mauvais pas en promettant à l'homme que les dégâts causés seront remboursés.

Multiculturalité

En plus d'être un excellent roman humoristique, *La Conjuration des imbéciles* constitue également un formidable recueil des acteurs sociaux et des différentes langues de la Nouvelle-Orléans : Afro-Américains, Italo-Américains, Irlandais, Latinos, prostitués, ouvriers et policiers cohabitent et se rencontrent au fil du roman. Dans un résumé assez explicite, on lit par exemple que la Nouvelle-Orléans partage plus de points communs avec les villages de Méditerranée qu'avec New York. Le livre tisse donc en toile de fond un atlas et un dictionnaire du caractère cosmopolite et multiculturel de cette ville.

SAINT IGNACE, PATRON DES EXER-CICES SPIRITUELS

Face à l'immense dette de la famille, Irene force son fils à trouver du travail. Ignatius, davantage porté sur la spiritualité, les travaux intellectuels, l'écriture et la télévision, rechigne à la tâche mais finit par obtempérer. Il cherche du travail et finit par trouver un poste chez Levy Pants, une entreprise qui fabrique des jeans. Ignatius se voit confier la gestion des archives, mais il en profite pour se lancer dans une croisade éthique visant à améliorer le fonctionnement de l'entreprise. Pratiquement abandonnée par son propriétaire, l'entreprise est gérée par González, un supervi-seur ponctuel mais médiocre, et Trixie, une se-crétaire sénile. Après s'être couvert de ridicule en dansant pour les travailleurs noirs de l'entreprise, il les persuade de protester contre M. Levy, le patron. Il envoie également une lettre d'insultes à l'un des fournisseurs de Levy Pants qu'il signe du nom du propriétaire. Mais les travailleurs, apprenant qu'Ignatius a eu une confrontation avec la police, commencent à perdre confiance et la contestation retombe. Ignatius est renvoyé.

Nous apprenons à ce moment-là que pendant ses études universitaires, Ignatius entretenait une relation quelque peu étrange avec une militante de gauche d'origine juive appelée Myrna Minkoff. Leur relation, alimentée par des idées antagonistes, est désormais terminée. Myrna vit et milite à New York et Ignatius s'enferme chaque jour un peu plus dans sa maison maternelle. Pour la provoquer, il lui envoie des lettres où il explique qu'il mène des mouvements syndicaux.

PETIT VILLAGE, GRAND ENFER

Après avoir arrêté Robichaux, Mancuso est accusé d'inefficacité par le commissariat. On lui ordonne donc de sortir vêtu d'un déguisement ridicule (comme celui du Père Noël) afin d'attirer les délinquants et les capturer. Suite à l'accident de voiture, Irene se lie d'amitié avec lui et sa tante, Santa Battaglia. Selon Ignatius, il s'agit d'une relation néfaste car elles jouent au bowling ensemble mais finissent toujours par boire plus que de raison jusqu'au petit matin. En outre, Santa nourrit un véritable dégoût pour Ignatius et considère qu'il profite de sa mère.

À la demande de sa mère, Ignatius accepte pourtant de prêter son livre de chevet *Consolation de Philosophie* au policier. Il s'agit d'un texte médiéval, écrit par Boèce, dans lequel il décrit les agressions de la société contre lui.

Moyen Âge

Ignatius fonde toute sa pensée sur un système médiéval complexe dont les bases sont jetées par l'ouvrage de Boèce. C'est la raison pour laquelle il est question de bonne fortune tout au long du livre. Celle-ci est vue comme une force vitale, un cercle qui tient les humains à sa merci, la quintessence de l'image médiévale.

| La roue de la fortune

Un jeune homme noir, Jones, sort de prison et commence à travailler au bar les « Folles Nuits ». Même s'il considère qu'il n'est pas assez payé pour nettoyer la salle, il se voit obligé de le faire, menacé par la police. Jones se résout à saboter le bar. En bon observateur, il remarque que Lana Lee, la propriétaire, est impliquée dans des trafics douteux : elle remet en effet des paquets suspects à un homme et prétend que tous les bénéfices vont à des orphelins, mais Jones n'y croit pas. Cet homme, prénommé Gus, rencontre Mancuso à la gare et lui vole le livre de Boèce.

PIRATES ET HOT-DOGS

La mère d'Ignatius lui retombe dessus après son renvoi de chez Levy Pants et le force à chercher un nouvel emploi. Il est embauché chez Paradise Vendors SA et vend des hot-dogs dans un costume de pirate, une épée en plastique à la ceinture, un foulard autour du cou et un anneau à l'oreille, poussant à bout de bras son chariot de nourriture. La roue de la fortune tourne à nou-veau et Ignatius grossit car il mange les hot-dogs au lieu de les vendre. Son chef lui reproche bien-tôt de ne pas respecter les règles d'hygiène étant donné qu'il caresse des chats en travaillant. Il lui accorde cependant une seconde chance mais Ignatius est chargé de vendre les hot-dogs dans le quartier rouge de la Nouvelle-Orléans. Gus, l'homme qui trafique avec Lana Lee, remarque le chariot de nourriture et y voit là le moyen idéal pour transporter ses paquets. Ignatius accepte mais exige un paiement. Il est ému quand il se rend compte que Gus est en possession d'un exemplaire de la *Consolation de Philosophie* (qui est en réalité le sien). À ce moment précis, l'un des paquets de Gus se déchire et dévoile son contenu : Gus est un trafiquant de magazines pornographiques dans les collèges de la ville. Ignatius tombe amoureux de l'une des femmes apparaissant sur les photos : elle ressemble à une professeure d'université que l'on aurait forcée à se dénuder. Ignatius exige que Gus lui présente cette enseignante mais celui-ci lui répond que la femme travaille en réalité aux « Folles Nuits ». Ignatius se fait alors la promesse de la sortir de l'enfer immoral dans laquelle elle vit.

UN DERNIER REVIREMENT

Un peu plus tard, Ignatius se persuade qu'il pourrait déclencher la colère de Myrna s'il créait un parti politique homosexuels et gagnait les élections. Myrna est en effet inquiète car elle pense qu'Ignatius est lui-même est homosexuel. Le meeting est un désastre car les participants pensent qu'il s'agit d'une fête et mettent Ignatius à la porte.

Il prend alors la route des « Folles Nuits » et l'un des participants du meeting, un homme mystérieux coiffé d'un chapeau, suit ses pas. Jones, désormais portier du bar et déguisé en esclave, le laisse entrer sous le regard soupçonneux de Lana Lee. Ignatius est déçu de voir que la femme du magazine n'est pas celle qu'il imaginait, ce n'est autre que Darlene. Le spectacle se termine lorsqu'un oiseau s'accroche à la boucle d'oreille d'Ignatius. Sous le coup de la surprise, celui-ci perd le contrôle et fait tomber toutes les tables du bar. Il sort piteusement de l'établissement et se fait renverser par un bus. C'est à ce moment-là que nous découvrons que l'homme au chapeau est en fait Mancuso. Jones, voyant une opportunité de causer du tort à sa patronne, conseille au policier de faire une fouille à la recherche de matériel pornographique.

RENAISSANCE

Ignatius récupère peu à peu de son accident et

prend conscience qu'il est devenu un personnage infâme, une honte pour sa mère. La photo de lui, allongé sur l'asphalte, fait la une de plusieurs journaux. Au même instant, le fournisseur de Levy Pants découvre la lettre qu'Ignatius lui a envoyé. L'entreprise lui doit 5 000 dollars. M. Levy accuse Ignatius, persuadé qu'il est l'auteur de la lettre. À sa grande surprise, Ignatius ment et déclare que le coupable n'est autre que la sénile Miss Trixie. La pauvre femme, incapable de s'expliquer, accepte la faute. Levy est cependant persuadé que ce n'est pas vrai mais il sait aussi que cette situation arrange Miss Trixie qui souhaite partir à la retraite depuis des années, que son entreprise sortirait de la dette et qu'Ignatius lui-même en tirera des bénéfices.

Irene, fatiguée et inquiète pour son fils, veut le faire interner dans un hôpital psychiatrique mais ce dernier devine les plans de sa mère et décide de s'enfuir. C'est alors qu'arrive Myrna, suivant une intuition selon laquelle tout partait à vau-l'eau. Ignatius monte dans sa voiture et ils démarrent au moment où arrive l'ambulance de l'asile. Ignatius est heureux.

ÉTUDE DES PERSONNAGES

Les personnages de *La Conjuration des imbéciles* sont de passionnants anti-héros clandestins qui errent dans les rues de la Nouvelle-Orléans et se cloitrent dans des appartements immondes. Différents et variés, ils ne ressemblent en rien aux personnages de roman habituels, beaux et intelligents, mais représentent plutôt les rebuts de la société.

IGNATIUS J. REILLY

Ignatius est une force de la nature, un homme énorme, dont la présence ne passe jamais inaperçue.

> « Une casquette de chasse verte enserrait le sommet du ballon charnu d'une tête. Les oreillettes vertes, pleines de grandes oreilles, de cheveux rebelles au ciseau et des fines soies qui croissaient à l'intérieur même desdites oreilles, saillaient de part et d'autre comme deux flèches indiquant simultanément deux directions oppo-

sées. Des lèvres pleines, boudeuses, s'avançaient sous la moustache noire et broussailleuse et, à leur commissure, s'enfonçaient en petits plis pleins de désapprobation et de miettes de pommes de terre chips » (Kennedy Toole 15, 2015)

Convaincu par ses idéaux et déterminer à les poursuivre, ce Quichotte postmoderne, obèse légendaire, maitre du ridicule, danseur brillant, expert en déguisement, monumental glouton, ami des minorités, ennemi de la modernité, rhétoricien né et fervent croyant est la quintessence du héros.

Ignatius représente tout ce que nous détestons et aimons du XXe siècle. Il serait absurde d'essayer de le décrire dans sa totalité, tant physique qu'intellectuelle, spirituelle et émotionnelle. Ainsi, s'il lit avec attention des traités de théologie, il regarde avec la même passion Yogi l'ours à la télévision, de même qu'il organise des grèves pour réclamer des droits aux travailleurs noirs, il prononce des discours moraux sur la décadence de son siècle. Ce personnage contradictoire possède un esprit troublé mais terriblement fascinant. S'il y a bien une chose dont nous pouvons être certains, c'est qu'il rote fréquemment et qu'il s'oppose farouchement au fascisme. S'il n'est pas le héros que nous méritons, il est indéniablement le héros dont nous avons besoin.

IRENE REILLY

Être la mère d'Ignatius n'est pas tâche facile et c'est la raison pour laquelle Irene est résignée et fataliste. Elle supplie Ignatius de changer d'attitude, elle l'implore à genoux mais elle est obsédée par cette figure qui la maltraite et l'alimente en un sens. À première vue, Irene ressemble à une mère de famille traditionnelle tout ce qu'il y a de plus courant, mais elle est en réalité anéantie par la mort de son époux, l'opinion de ses voisins et le qu'en dira-t-on de la société. Solitaire, elle se sent extraordinairement forte lorsqu'elle est en compagnie de ses quelques amis. Elle est sans aucun doute à la fois victime et tortionnaire d'Ignatius avec qui elle entretient une relation profonde et destructrice.

MYRNA MINKOFF

Durant la majeure partie du roman, nous ne connaissons Myrna qu'à travers les lettres angoissantes qu'elle envoie à Ignatius. Dans celles-ci, elle lui demande de vivre plus librement, de briser les chaines qui le retiennent à cette petite ville provinciale et à sa mère. Elle représente, dans un sens, la force de l'époque. Dans un livre écrit à l'aube du mouvement hippie, Myrna représente la puissance des différents mouvements du milieu du siècle : celui pour la défense des droits civiques, la psychanalyse et la gauche économique.

Myrna est juive et libre. Elle représente le contraire parfait d'Ignatius. Lui, le réactionnaire armé d'une éthique exemplaire est l'opposé du libéralisme de Myrna qui vit heureuse à New York, entourée d'une communauté beatnik et étudiante venue des quatre coins du monde. Ils sont pourtant complémentaires, tous les deux incendiaires et révolutionnaires : ils rejettent la pensée unique et la médiocrité de la société qui les entoure.

BURMA JONES

Burma Jones est issu du quartier le plus pauvre et isolé de la ville de la Nouvelle-Orléans. Il est attaqué par la police et passe ton temps à boire dans des bars miteux. En raison de ses origines sociales, Jones n'est pas payé comme il devrait pour son travail. C'est le bouc émissaire des boucs émissaires. Si les Blancs défavorisés ne sont déjà pas bien lotis dans le roman, Jones, de par sa couleur de peau, n'a d'autre choix que de travailler dans de mauvaises conditions, au risque d'être embarqué par la police.

Dans l'original, Jones parle un dialecte riche et curieux, propre aux rues de la Nouvelle-Orléans.

MANCUSO

Même la fonction de policier n'est pas épargnée dans *La Conjuration des imbéciles*. Mancuso, simple officier de police, est maltraité par ses supérieurs. Il est obligé de se couvrir de ridicule en se déguisant pour attirer les délinquants et représente un paria de plus au sein de la faune extravagante de la ville. Dévoué corps et âme à son travail, ce fonctionnaire peu clairvoyant s'ajoute à la liste déjà longue des sots et des âmes en peine de la société.

DARLENE

Darlene rêve d'être une danseuse mais est seulement engagée en tant que serveuse. Elle reste digne malgré les attaques incessantes de sa patronne Lana Lee. C'est un personnage particulier, elle rêve de se dévoiler aux hommes et de travailler dans le milieu du sexe mais n'y parvient pas. Darlene est également très malheureuse car elle souhaite être désirée mais personne ne semble être intéressé.

CARACTÉRISTIQUES DE L'ŒUVRE

ROMAN PICARESQUE

La Conjuration des imbéciles est racontée par une voix froide qui ne s'immisce pas dans la vie des personnages. La voix du narrateur est distante et s'engage à montrer l'étrange réalité du livre dans la plus grande objectivité possible. C'est pourtant ce ton si monotone qui contribue sans doute au côté humoristique du roman. En se désolidarisant complètement de ses personnages, le narrateur raconte le combat entre Ignatius et son supérieur hiérarchique chez Paradise Vendors SA, l'entreprise de hot-dogs, et dépeint la danse ridicule de notre héros face aux travailleurs noirs de chez Levy Pants.

Ces évènements sont caractéristiques du roman picaresque, très proche de la littérature hispanique. Le style picaresque nait en réaction à la littérature sérieuse et culminante de la Renaissance. Les personnages de ce genre font partie des classes populaires et sont souvent décrits sur leur lieu de travail en train de duper leur patron. Ce genre littéraire est également centré sur l'aspect corporel et l'humour physique : les personnages éructent, vomissent, mangent, tombent, se battent, défèquent. Le lecteur moderne identifiera aisément ce type d'humour à des séries comme *El Chavo del 8*, la célèbre série mexicaine diffusée par Televisa dans toute l'Amérique latine entre 1971 et 1980. Elle raconte l'histoire d'un enfant pauvre qui vit dans un quartier modeste où tout le monde semble se détester. Les personnages ne font que s'insulter, se battre et pleurer.

La littérature picaresque peut être vue, à certains égards, comme grossière ou vulgaire. Il est cependant important de noter qu'il en va de l'authenticité des personnages obscurs et populaires et de la description originale des classes sociales. Ce type de roman peut donc être lu comme une critique de l'élitisme et de la concentration du pouvoir économique et politique entre les mains d'une minorité.

Nous retrouvons cette même structure et ce même ton dans le roman de John Kennedy Toole.

Il se concentre sur les bas-fonds de la société et l'impossibilité pour cette classe sociale de progresser. Ainsi, par exemple, les mouvements politiques dont Ignatius prend la tête ne connaissent aucun succès et, même si les personnages obtiennent parfois de petites victoires au quotidien, leur vie ne change pas. Ils restent des perdants sans argent qui ne parviennent pas à gravir les échelons de la société.

Il s'agit donc d'un roman qui allie comédie et tragédie. Alors que les personnages sont drôles et leurs corps, sources d'humour, leurs histoires se terminent généralement de façon tragique. Dans le style picaresque, la comédie qui, depuis l'Antiquité, se clôt sur une victoire pour le personnage principal, se voit transformée : elle s'achève sans aboutissement apparent et les personnages restent coincés dans leur vie misérable.

CASSE-TÊTES CHINOIS

La structure générale de *La Conjuration des imbéciles* est très proche de celle de la *Consolation de Philosophie*. Les deux ouvrages sont divisés en chapitres, eux-mêmes subdivisés en sous-chapitres. Ceux-ci traitent de plusieurs histoires qui provoquent un cataclysme final surprenant et angoissant pour le lecteur. Certains chapitres sont en effet exclusivement consacrés à Jones et aux injustices qu'il subit dans le bar où il travaille, d'autres à Darlene et ses rêves. Ces chapitres constituent un monde, une myriade de points de vue qui se complètent.

Toutefois, l'attrait principal de *La Conjuration des imbéciles* se trouve dans les textes adjacents qui permettent d'en apprendre davantage sur les personnages et leurs actions. Nous ne sommes pas uniquement auditeurs de la voix froide du narrateur mais également lecteurs de la correspondance épistolaire entre Ignatius et Myrna. Ces lettres nous permettent de découvrir les dates marquantes de leur relation, leurs idéologies, les activités politiques de Myrna et leurs conversations régulières.

Nous nous retrouvons donc lecteurs du livre qu'écrit Ignatius, *Journal d'un jeune travailleur.* En plus de constituer un texte plutôt drôle narrant les absurdités du monde du travail, il renferme également la mentalité d'Ignatius. Il y consigne ses réflexions incendiaires sur la société dans laquelle il vit. Ce journal intime est en réalité le centre névralgique du livre, une plongée dans la vision du monde particulière de notre héros.

Il nous fait part, en outre, de passages originaux de l'ouvrage de Boèce et de citations d'auteurs classiques, nous permettant ainsi de découvrir les lectures d'Ignatius.

Enfin, Ignatius n'a de cesse de décrire et critiquer les séries télévisées et les films de l'époque. Toutes ces techniques structurelles nous ouvrent les portes du monde médiéval et éthique d'Ignatius. Nous n'assistons pas seulement à une succession d'actions mais pénétrant une idéologie, nous sommes les témoins des pensées du personnage.

ANALYSE DES THÈMES ET CLÉS DE LECTURE

ALIÉNATION ET PAUVRETÉ

Les lieux décrits dans *La Conjuration des imbéciles* sont toujours remplis d'objets et propices à la claustrophobie. La seule particularité réside dans le fait que ces objets sont exclusivement constitués de déchets, rebuts d'un monde que les personnages ne semblent même pas remarquer.

> « L'appartement de Miss Trixie était décoré de détritus, de rebuts, de fragments de métal, de boîtes en carton. Quelque part en dessous de tout cela, il y avait des meubles. Mais la surface, le terrain visible, n'était qu'un paysage de vieilles fripes, de cageots et de vieux journaux. Un col, au centre de cette montagne, une clairière dans cette jonchée d'ordures, une étroite travée de plancher apparent » (Kennedy Toole 2015, 368).

Plus que de vivre dans la pauvreté, les personnages l'accumulent. Les objets qu'ils possèdent ne représentent rien, ils ne sont pas interchangeables. Seraient-ils capables d'échanger tous ces déchets contre un objets de valeur ? Pour rien au monde. Ainsi les personnages sont, de fait, des perdants. La majorité est au chômage et ceux qui ne le sont pas travaillent dans des endroits lugubres pour un salaire de misère. La ville entière parait pleine de misère, rien ni personne ne parvient à s'extraire de la pourriture ambiante.

Cette pauvreté se voit accentuée par l'aliénation qui règne. Si l'on se fie à l'idéologie d'Ignatius, les personnages, en plus d'être solitaires, sont uniquement guidés par les démons de l'alcool, la télévision, le cinéma et le travail sous-payé. Les appartements immondes et puants sont occupés par des personnages n'ayant personne à qui parler. Lorsque discussion il y a, il s'agit presque toujours d'une dispute. Les seuls contacts qu'ils entretiennent se font par le biais de moyens de communication indirects : téléphone, télévision et écran de cinéma.

LE TRAVAIL

Ignatius rechigne à travailler mais sa mère l'oblige à le faire. « Pourquoi ne puis-je pas simplement m'asseoir et écrire, écrire et écrire encore ? » se demande-t-il. Lorsqu'il travaille, il est payé au lance-pierres et n'effectue que des tâches répétitives. Dans le livre, la vision du travail est donc précisément celle-ci : il n'existe pas de travail propre, juste ou au sein duquel la pensée et l'esprit sont mis en avant. Bien au contraire, le travail est vu comme une obligation imposée par les parents, les policiers et les patrons.

Pire encore, le travail n'offre ni débouchés, ni privilèges : il permet juste de survivre. Ignatius gagne seulement quelques dollars par jour et Jones doit se contenter d'un travail de balayeur et de portier sans pouvoir sortir de la ville, ni même de son quartier.

Mais, pour ne rien arranger, les protestations et la formation de partis politiques n'offrent pas plus de portes de sortie. Lorsqu'Ignatius organise la révolte des travailleurs de l'entreprise, il ne parvient qu'à se faire renvoyer de son poste et se couvrir de ridicule : il n'y a rien à faire lorsque la misère est organisée et que tous les travailleurs ont déjà été renvoyés.

Bien entendu, le travail d'écriture est mal vu. Les

érudits manuscrits d'Ignatius ne mènent à aucun salaire, tout comme l'art de l'effeuillage pratiqué par Darlene ne débouche sur rien. Ni l'esprit ni le corps ne sont rétribués dans cette ville obscure.

LA POLITIQUE

La particularité fondamentale de la pensée d'Ignatius réside dans sa position politique. Ainsi, de même que sa vision de la religion (c'est un fervent catholique qui déteste le pape), la politique est un melting-pot de points de vue. Ignatius fait remarquer à plusieurs reprises que son système politique préféré est la monarchie mais parait, de temps à autres, être un homme de gauche engagé. Plutôt que de regretter les temps féodaux que son sens de l'éthique implique, il soutient les mouvements syndicaux pour les droits des travailleurs noirs de la Nouvelle-Orléans. De même, au lieu de suivre les lignes claires édictées par l'Église catholique, il tente de former un parti politique homosexuel.

Ignatius est sans nul doute un provocateur qui, dans le but d'exposer ses idées réactionnaires, crée des alliances y compris avec la très libérale Myrna. D'un point de vue politique, c'est un véritable incendiaire : il se plait à détruire les bases de la société moderne en soulignant sa dégénérescence, ses injustices et l'abandon de l'esprit. Selon lui, la société s'est changée en un nid de consommation qui poussent les êtres humains à abandonner la culture de l'intellect et de l'esprit noble.

PISTES DE RÉFLEXION

QUELQUES QUESTIONS POUR APPROFONDIR SA RÉFLEXION...

- Quel rôle jouent les déguisements dans *La Conjuration des imbéciles* ?
- Rédigez un résumé du *Journal d'un jeune travailleur*.
- Si vous deviez vous entretenir avec Ignatius, que lui demanderiez-vous ?
- Plusieurs analogies ont été établies entre Ignatius et Don Quichotte de la Mancha. Quel personnage de *La Conjuration des imbéciles* renverrait à Sancho Panza ?
- Pour quelle raison pensez-vous qu'Ignatius regarde tant la télévision alors qu'il est si critique de la modernité ?

Votre avis nous intéresse !
Laissez un commentaire sur le site de votre librairie en ligne
et partagez vos coups de cœur sur les réseaux sociaux !

POUR ALLER PLUS LOIN

ÉDITION DE RÉFÉRENCE

- Toole, J.K., *La Conjuration des imbéciles*, Paris,
  Editions 10/18, 478 p.

ÉTUDES DE RÉFÉRENCE

- Echavarría M., *Las enfermedades mentales según
  Tomás Aquino. Sobre las enfermedades (mentales)
  en sentido escrito*, Étude, Université Abat Oliba
  CEUB, 2009, consulté le 27 février 2017, http://bdi-
  gital.uncu.edu.ar/objetos_digitales/3793/03-echa-
  varria-scripta-v3-n1.pdf

- García A., *Las incógnitas de 'La conjura
  de los necios', desveladas*, El País, 13 juillet,
  consulté le 27 février 2017, http://elpais.com/
  elpais/2015/07/13/tentaciones/1436779957_391981.
  html

- Marx K., *Manuscrits de 1844*, Paris, Flammarion,
  coll. « Garnier Flammarion / Philosophie », 1991
  243 p.

LECTURES CONSEILLÉES

- BOÈCE, *La Consolation de Philosophie*, Paris, Les Belles Lettres, 2002, 200 p.

  Le fameux livre de chevet d'Ignatius. Dans cet ouvrage, l'auteur rencontre Philosophie qui lui explique pourquoi l'injustice est récompensée et la justice non. Il est dit que Boèce écrivit ce livre lors de son séjour en prison.

Retrouvez notre offre complète sur lePetitLittéraire.fr

- des fiches de lectures
- des commentaires littéraires
- des questionnaires de lecture
- des résumés

ANOUILH
- Antigone

AUSTEN
- Orgueil et Préjugés

BALZAC
- Eugénie Grandet
- Le Père Goriot
- Illusions perdues

BARJAVEL
- La Nuit des temps

BEAUMARCHAIS
- Le Mariage de Figaro

BECKETT
- En attendant Godot

BRETON
- Nadja

CAMUS
- La Peste
- Les Justes
- L'Étranger

CARRÈRE
- Limonov

CÉLINE
- Voyage au bout de la nuit

CERVANTÈS
- Don Quichotte de la Manche

CHATEAUBRIAND
- Mémoires d'outre-tombe

CHODERLOS DE LACLOS
- Les Liaisons dangereuses

CHRÉTIEN DE TROYES
- Yvain ou le Chevalier au lion

CHRISTIE
- Dix Petits Nègres

CLAUDEL
- La Petite Fille de Monsieur Linh
- Le Rapport de Brodeck

COELHO
- L'Alchimiste

CONAN DOYLE
- Le Chien des Baskerville

DAI SIJIE
- Balzac et la Petite Tailleuse chinoise

DE GAULLE
- Mémoires de guerre III. Le Salut. 1944-1946

DE VIGAN
- No et moi

DICKER
- La Vérité sur l'affaire Harry Quebert

DIDEROT
- Supplément au Voyage de Bougainville

DUMAS
- Les Trois
  Mousquetaires

ÉNARD
- Parlez-leur
  de batailles,
  de rois et
  d'éléphants

FERRARI
- Le Sermon sur la
  chute de Rome

FLAUBERT
- Madame Bovary

FRANK
- Journal
  d'Anne Frank

FRED VARGAS
- Pars vite et
  reviens tard

GARY
- La Vie devant soi

GAUDÉ
- La Mort du
  roi Tsongor
- Le Soleil des
  Scorta

GAUTIER
- La Morte
  amoureuse
- Le Capitaine
  Fracasse

GAVALDA
- 35 kilos d'espoir

GIDE
- Les
  Faux-Monnayeurs

GIONO
- Le Grand
  Troupeau
- Le Hussard
  sur le toit

GIRAUDOUX
- La guerre de
  Troie
  n'aura pas lieu

GOLDING
- Sa Majesté des
  Mouches

GRIMBERT
- Un secret

HEMINGWAY
- Le Vieil Homme
  et la Mer

HESSEL
- Indignez-vous !

HOMÈRE
- L'Odyssée

HUGO
- Le Dernier Jour
  d'un condamné
- Les Misérables
- Notre-Dame
  de Paris

HUXLEY
- Le Meilleur
  des mondes

IONESCO
- Rhinocéros
- La Cantatrice
  chauve

JARY
- Ubu roi

JENNI
- L'Art français
  de la guerre

JOFFO
- Un sac de billes

KAFKA
- La Métamorphose

KEROUAC
- Sur la route

KESSEL
- Le Lion

LARSSON
- Millenium 1. Les
  hommes qui
  n'aimaient pas
  les femmes

LE CLÉZIO
- Mondo

LEVI
- Si c'est un
  homme

LEVY
- Et si c'était vrai...

MAALOUF
- Léon l'Africain

MALRAUX
- La Condition humaine

MARIVAUX
- La Double Inconstance
- Le Jeu de l'amour et du hasard

MARTINEZ
- Du domaine des murmures

MAUPASSANT
- Boule de suif
- Le Horla
- Une vie

MAURIAC
- Le Nœud de vipères

MAURIAC
- Le Sagouin

MÉRIMÉE
- Tamango
- Colomba

MERLE
- La mort est mon métier

MOLIÈRE
- Le Misanthrope
- L'Avare
- Le Bourgeois gentilhomme

MONTAIGNE
- Essais

MORPURGO
- Le Roi Arthur

MUSSET
- Lorenzaccio

MUSSO
- Que serais-je sans toi ?

NOTHOMB
- Stupeur et Tremblements

ORWELL
- La Ferme des animaux
- 1984

PAGNOL
- La Gloire de mon père

PANCOL
- Les Yeux jaunes des crocodiles

PASCAL
- Pensées

PENNAC
- Au bonheur des ogres

POE
- La Chute de la maison Usher

PROUST
- Du côté de chez Swann

QUENEAU
- Zazie dans le métro

QUIGNARD
- Tous les matins du monde

RABELAIS
- Gargantua

RACINE
- Andromaque
- Britannicus
- Phèdre

ROUSSEAU
- Confessions

ROSTAND
- Cyrano de Bergerac

ROWLING
- Harry Potter à l'école des sorciers

SAINT-EXUPÉRY
- Le Petit Prince
- Vol de nuit

SARTRE
- Huis clos
- La Nausée
- Les Mouches

SCHLINK
- Le Liseur

Analyse de l'œuvre
Germinal
Analyse de l'œuvre
L'Étranger
Analyse de l'œuvre
Le Père Goriot
de Balzac
Analyse de l'œuvre
Candide ou l'Optimisme
Analyse de l'œuvre
scar et Dame rose

www.lepetitlitteraire.fr

ISBN version numérique : 9782808003469
ISBN version papier : 9782808003476

Dépôt légal : D/2017/12603/703

Conception numérique : Primento,
le partenaire numérique des éditeurs.

Ce titre a été réalisé avec le soutien de la Fédération Wallonie-Bruxelles, Service général des Lettres et du Livre.